Gott, der Du unsere Ahnen trugst
in Drangsal und in Leid,
sei Führer uns in Sturm und Nacht
ins Reich der Ewigkeit!

RIEN POORTVLIET
DAS ERBE

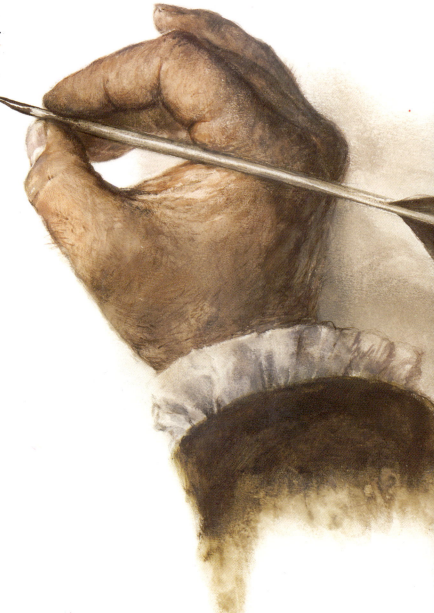

RIEN POORTVLIET
DAS ERBE

PAUL PAREY · HAMBURG UND BERLIN

Aus dem Gerichtsarchiv Zeeland, Verzeichnis Lasonder, Nr. 3117 d.d. 24-12-1566, (Schöffen-Akten Kloetinge):

Mit anderen Worten:
Am 24. Dezember 1566 zeigt Jacob Jansz Poortvliet vor dem Schöffen Jacob Matijsz in der Oudestraat (zu Goes) an, daß der „Tresoor", der bei seiner Schwiegermutter in Kloetinge in der Scheune steht, ihm gehört, und erhebt Einspruch.

Lange hielt ich das für eine nichtssagende Mitteilung — ich hätte viel lieber noch ein paar „weitere Großväter" aufgespürt. Doch wenn ich mich rückwärts in der Zeit „Auf den Spuren meiner Väter" vortaste, bleibe ich am 10. April anno 1610 stecken, als mein Großvater 9) Cornelis Adriaensz Poortvliet sein Glaubensbekenntnis abgelegt hat — alles Suchen in alten Archiven und Kirchenbüchern erbringt nichts. Nur diese Geschichte mit dem „Tresoor"...

Anfangs glaubte ich, ein „Tresoor" sei ein Schatz (das englische „treasure"), und aus Spaß, aber auch, um ein bißchen selbst daran beteiligt zu werden, habe ich ein Gemälde von Salomon Ruysdael kopiert und darin Jacob Jansz abgebildet, wie er den Schatz in einem Sack auf dem Rücken zur Scheune in Kloetinge bringt.

Aber mittlerweile bin ich dahintergekommen: Der geheimnisvolle „Tresoor" ist ein ziemlich stabiles Wandschränkchen. Und weil mir die Arbeit so gefiel, habe ich noch ein Bild von Isaack van Ostade kopiert, das eine Herberge zeigt, – wer weiß, vielleicht besaß die Schwiegermutter in Kloetinge eine Herberge. Der „Tresoor" wird hier in Decken verpackt auf einem Pferdeschlitten angeliefert.

Und zur Abwechslung hier mit Pferd und Wagen.
So ein Verschlag, halb über dem Wasser gebaut, ist das WC der Herberge.

Teils weil mir das Malen so eines altertümlichen Bildes viel Vergnügen macht, teils aber auch, um die Gestalt des Jacob Jansz ...

für mich lebendiger zu machen, hier das Bild „Jacob Jansz Poortvliet und seine Familie treten nach einem Besuch bei den Schwiegereltern in Kloetinge die Heimreise nach Goes an."

Aber auch wenn es mir ungeheuer Spaß gemacht hat, führt ein solcher Zeitvertreib ehrlich gesagt zu nichts; und wenn ich Genaueres wissen möchte, wie es zur Zeit von Jacob Jansz und seinem „Tresoor" aussa (und das will ich inzwischen), muß ich mir große Mühe geben, denn mit Bildern aus dem 16. Jahrhundert sind wir nicht gerade reich gesegnet.

Wie mag Jacob Jansz ausgesehen haben? Man wird natürlich nie erfahren, was für ein Gesicht er hatte, aber mein Bruder Pit mit seinem mir wohl vertrauten Kop ist so nett, mir für Jacob Jansz Modell zu stehen. Die Sorge bin ich also los.

Und was für Kleider hat wohl so ein Mann getragen? Wenn er zur recht ärmlichen Landbevölkerun gehörte, dürfte er etwa so ausgesehen haben.

Doch das kann nicht stimmen – man hat mir versichert, daß jemand, der Eigentümer eines so teuren Möbelstückes war, zum wohlhabenden Mittelstand gerechnet werden muß. Und dann bekommt man so ein Bild. →

Solche Gewänder sieht man zum Beispiel auf dem Gemälde „17 Mitglieder des Klovenier-Schützenvereins, rot F" von Dirk Jacobsz (1566), das im Historischen Museum in Amsterdam hängt.

Denn das ist die Art, wie man sich kundig macht: Bilder betrachten! Außerdem Sachverständige aushorchen und viele Bücher durcharbeiten, denn ich will möglichst genaue Abbildungen machen und nicht einfach „drauflospinseln".

An dem rot angezeichneten Ort, in Goes auf Süd-Beveland, einer der Zeeländischen Inseln, wohnt Jacob Jansz. Er ist also Zeeländer und so fühlt er sich auch. Er weiß genau, daß Zeeland nur ein Teil von dem ist, was man „die Niederlande" nennt, aber er betrachtet sich nicht als Niederländer, er ist Zeeländer.
Wie ihm auch durchaus bekannt ist, daß der spanische König Philipp II. letzten Endes hier in dieser Gegend das Sagen hat, aber das kümmert ihn nicht.
Ja, den König von Hispanien habe ich immer verehrt wird er Ihnen ohne zu erröten oder mit der Wimper zu zucken bekennen, aber was er sich genau darunter vorstellt, weiß er selber nicht.
Ist ihm auch völlig schnuppe - ein Mensch im Jahre 1566 hat andere Sorgen im Kopf...

Land volgens Jacob van Deventer. Reygersberg in zijn Chronyck van Zeelant fol. xiij schrijft dat deze Zeelantsche caerte nijeuwelick gemaect is seer costelic int Iaer M.CCCC.xlix. De Provintie vertoont zig almier. Zo als deselve was tusschen a° 1532, wanneer Borssele invloeide, en a° 1556, toen de Pluimpot in 't Eijland Thulen bedijkt wierd.

Die Hose könnte er durchaus bei Willem Cornelisz Poortvliet gekauft haben – schließlich war der ein „prouchmacher" oder Hosenschneider.

Willem Cornelisz Poortvliet bropmaker

Willem hatte seine Werkstatt in der Operelstraße in Goes.

Es gab verschiedene Arten von Hosen – die einfache Arbeitshose ohne Schnickschnack, und dann die hübsche Puffhose für die Leute des Mittelstandes.

Nestel ↓

Hosen hatten damals als Hosenlatz die sog. Braguette oder Schamkapsel, auch „Klötenhalter" genannt.

Man fand damals so ein Osterei sehr kleidsam.

An allen Seiten quillt das Futter heraus.

Die Pluderhose ↑

Bei der sog. Pluderhose wurde das Stück „nach der neuesten Manier" besonders fröhlich herausgeputzt.

Die „geschlitzte Mode" soll entstanden sein, als plündernde Söldner ihren vierschrötigen Leib nicht in die erbeuteten eleganten Kleider zwängen konnten. Wo die Kleidungsstücke kniffen, machte man einfach einen Schnitt. Sehr bald wurde diese „Landsknechts-Tracht" zur großen Mode.

Einen 3 Meter langen Streifen brauchte man zur Anfertigung des „Mühlsteinkragens", der ein wenig später in Mode kam.

Das Wams kaufte man fix und fertig beim Kleidermacher oder „Snîder." Ein Lederwams, wie es der Gehilfe trägt, kostete etwa 1 Gulden. So ein vornehmer Anzug kostete leicht um die 10 Gulden (ein Arbeiter verdiente zwischen 6 und 10 Stüiver am Tag).

Dieses Sonntagswams wird mit Posamentenknöpfen geschlossen und dieses mit Haken und Ösen.

Wert des Geldes

1 Flämisches Pfund	=	20 Schelling
1 Schelling	=	12 Grooten (Denare)
1 Groot (Denar)	=	24 Mijten
1 Mijt	=	1/2 Penning
1 Flämisches Pfund	=	6 Gulden
1 Gulden	=	20 Stuiver
1 Stuiver	=	16 Penninge
1 Stuiver	=	2 Grooten (Denare)
1 Groot (Denar)	=	2 Oortkens
1 Oortken	=	2 Duiten
1 Duit	=	2 Penninge

Die Landleute trugen noch altmodisches Zeug (altfränkisch nannte man das damals): das Bauernwams und den Bauernrock, mit oder ohne Ärmel.

Die Pantoffeln, die man damals trug, sahen genauso aus wie die, die wir heutzutage haben.

Diese Schlappen, die als Überschuhe dienten, ermöglichten es, mit sauberen Schuhen anzukommen, mochte der Dreck auf der Straße auch noch so groß sein.

So konnte man sein leichtes Schuhwerk anbehalten, wenn man nur mal kurz ins Gasthaus rüberging.

„Tripklompen" trug man bei Arbeiten im Schlamm, also vor allem im Winter.

Um die guten Schuhe zu schonen, trug man oft „Trippen", hölzerne Überschuhe.

Sobald das Wetter es irgendwie zuließ, gingen viele Leute barfuß – vor allem Landleute und Kinder.

Auf dem Kopf tragen die meisten Männer eine Kappe – wie hier Jacob Jansz. Die etwas konservativeren Bürger tragen noch eine altmodische Kappe mit Ohrenklappen.

Einem alten Hut schneidet man einfach die Krempe ab, so daß eine praktische Kappe übrigbleibt.

Im Grunde ist es völlig gleich, was man aufhat, wenn man nur etwas auf dem Kopf hat.

Die Nadeln sind aus einer Blei-Zinn-Legierung gegossen. die oberen fünf sind fromme Wallfahrts-abzeichen.
Für Spaßvögel – und das sind nicht wenige – gibt es freche Ansteck-nadeln, um es mal fein auszudrücken.
Ich könnte bei jeder er-klären, was sie darstellt. Aber wenn Sie ein biß-chen genauer hinschau-en, kommen sie auch selber drauf.

Ja, der Mensch des 16. Jahrhun-derts ist immer für einen Spaß zu haben und liebt es, auf der Kirmeß mit einer Neuigkeit aufzutrumpfen.

Da es in den Kleidern meist keine Taschen gibt, tragen die Leute einen Gürtel mit Riemenanhängern und Gürtelschnallen, an denen man alles mögliche befestigen kann.

Das Mannsvolk trägt immer ein Messer oder einen Dolch bei sich. Manche Städte schrieben mit einem "Messermaß" – einer geschmiedeten Messerattrappe aus Eisen, die neben dem Tor an einer Kette hing – die maximale Länge der Messer vor, die die Bürger mit sich führen dürften.

Die Marke

In Goes, wo Jakob Jansz wohnt, lautet die Verordnung:

„und soll niemand keinen Dolch tragen, länger als das Eisen anzeiget an dem Rathause und am Häuschen Unserer Frauen im Hafen".

Gemessen an diesem Eisen, das mit einer Skala versehen ist, darf der Dolch nicht über die Marke hinausragen.

Der Dolch wird auf dem Rücken getragen. Eine recht beliebte Sorte ist der Nierendolch, der seinen Namen der Gestalt des Heftes verdankt.

Die Jungen dürfen ihre Holzschwerter so lang machen, wie sie wollen.

Außer einfachen Hieb- und Stichwaffen kennt man auch komplizierte Schußwaffen wie die Armbrust.

Hin und wieder sieht man noch altmodische Geräte, die man von Hand spannen muß.

Doch es gibt auch schon welche, die mit Hilfe eines Spanners sehr leicht zu handhaben sind.

Eine Taube wird natürlich der Bequemlichkeit halber aus dem Baum heraus geschossen.

Jacob Jansz wird noch genügend Waffengeklirr zu hören bekommen. Mehr als ihm lieb ist.

Doch jetzt ist der 24. Dezember 1566.
Mittwintertag. Heiligabend.
Jacob Jansz geht nach seinem Besuch beim
Schöffen Matijsz durch die Straßen
von Goes nach Hause. Morgen ist
                 Weihnachten.

Janneken – die Frau, mit der Jacob Jansz verehelicht ist – dürfte etwa so aussehen.
Wie man es auf den Gemälden wie den bekannten Markt- und Küchenstücken der Niederlande von Joachim Beuckelaer sehen kann.

Nachdem Jacob aufgestanden ist, steigt auch Janneken aus dem Bett. Sie zieht ihre Strümpfe an und bindet ein Strumpfband um.

Auch sie trägt das Nachthemd tagsüber als einziges Stück Unterwäsche. Keine Unterhose. Sie besitzt außerdem ein reichverziertes Hemd, das sie an ihrem Hochzeitstag getragen hat, und das jetzt in einer Truhe liegt, bis es ihr Totenkleid wird. Ein solches Hemd wurde nur zweimal getragen.

Sie schlüpft in eine Art Trägerkleid. Das Oberteil, das häufig vom Rock getrennt ist, heißt Leibchen und wird mit einem Band zugeschnürt.

Danach legt sie ein weißes Halstuch aus Leinen um, das mit Bändern um die Taille festgebunden wird.
Das Halstuch wird seitlich unter die Träger des Leibchens gesteckt. Dann zieht sie über die Hemdsärmel lose Zierärmel, von denen sie mehrere in verschiedenen Farben besitzt — so läßt sich immer mal was aus dem Ärmel schütteln — und steckt sie oben an den Trägern fest.

Wenn Rock und Leibchen getrennt sind, zieht sie einen Überrock an oder bindet sich eine Schürze um.

Danach ordnet sie die Frisur, bevor sie ihre Haube aufsetzt.

Es ist eine geflochtene Haartracht, bei der meist eine Schwester oder Freundin helfen muß.

Auf dem Land sieht man nicht viele Flügelhauben. Jacobs Schwiegermutter (in deren Scheune Jacob seinen "Tresoor" untergestellt hat) trägt lieber das altmodische Kopftuch.

So sind die Bäuerinnen gekleidet.

Hier „herausgeputzt". ←

Und so sehen die vornehmen Damen aus.

Margaretha vo Parma im Festgewand.

Die Kinder von Janneke und Jansz sind im großen und ganzen genau so gekleidet wie ihre Eltern.

An Sonn- und Feiertagen trägt Schwesterchen die Haube. An anderen Tagen ein einfaches Kopftuch. Als Unterwäsche das lange Nachthemd. Über Kinderkleidung läßt sich nicht viel sagen, denn die gibt es im Grunde nicht — Kinder laufen gewissermaßen als Miniaturausgaben der Erwachsenen herum.

Man sieht auch viele „crüppel".
Einer, der an Krücken
geht und kaum
kriechen kann,
wird Krüppel
genannt.

Und einer,
der sich auf
seinen Stüm-
pfen fort-
schleppt,
heißt da-
rum Stüm-
per.

Es gibt welche, die
stockblind ihren
stockdunklen
Weg gehen.

Tagein, tagaus halten Heer-
scharen von Hilfsbedürftigen
die Hand auf.

„Ein Almosen um Gottes Lohn."

Es gibt die Armen im Geiste und solche, die zu elend sind, die Hand auszustrecken. Aussätzige, die an der Krankheit von Lazarus leiden, müssen die Lazarusklapper schwingen, wenn sie sich jemandem nähern.

„Mit synem stabe und klepperlyn" Klappenläufer, bleibe stehn, darfst nicht durch meine Straße gehn, der Hund soll dich beißen, die Katz soll dich kratzen, scher dich weg!

Sie stinken auch so fürchterlich.

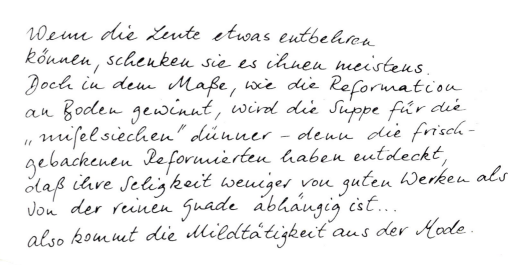

Wenn die Leute etwas entbehren können, schenken sie es ihnen meistens. Doch in dem Maße, wie die Reformation an Boden gewinnt, wird die Suppe für die „mißelsiechen" dünner – denn die frisch-gebackenen Reformierten haben entdeckt, daß ihre Seligkeit weniger von guten Werken als von der reinen Gnade abhängig ist...
also kommt die Mildtätigkeit aus der Mode.

67

Mitten im Marktgetümmel zum Beispiel:
 Ein großes Spektakel – da erleidet eine Wahnsinnige, die offenbar soeben abgeführt wird, einen unglaublichen Anfall von Raserei!

Und während die „Fopperin" und ihre Trabanten eine meisterhafte Vorstellung darbieten, schleichen sich ihre Freunde, die Beutelschneider, unters Volk.
Bis man sie erwischt und sie mit abgeschnittenen Ohren oder gebrandmarkt zum Tor hinauswirft, wo sie sich dem großen Heer der Vagabunden, Landstreicher und Strauchdiebe zugesellen, die im Lande umherstreunen.

Wir sollten uns mal ansehen, wo Jacob Jansz wohnt. Das könnte hier sein, in dem steinernen Neubau neben dem Haus, wo der „rote Stifal" aushängt. So sagte man damals, denn die Häuser hatten weder Straßennamen noch Hausnummern.

So gibt es Häuser mit Schildern wie „die güldene schêr" oder „der fette Ochse" oder „in der snezen zukkerkugel" und so weiter. Man wohnt dann eben im Haus daneben oder drei Häuser weiter.

Herbergen und Wirtshäuser machten natürlich viel Aufhebens davon – sie hängten einen hölzernen Kranz aus geschnitzten Weinblättern aus.
Wenn die Männer abends „auf ein Bierchen" gehen, sagen sie: „Ich gehe mal ein Kränzchen heben."
Die Frauen wiederum nennen den gemeinsamen Handarbeitsabend ihr „Nähkränzchen".

So ein modernes Haus hat einen Steingiebel, und den besitzen in Goes nur knapp die Hälfte aller Häuser – die meisten haben noch einen Holzgiebel.

Hier und da stehen auch noch primitive Behausungen, die überwiegend aus Holz und Schilf gebaut sind. Da kocht man sein Süppchen am offenen Feuer mitten auf dem Fußboden.

Einen Schornstein gibt es nicht, soll der Rauch doch sehen, wie er durch Löcher und Spalten hinausfindet... Wenn man aufsteht, reicht man sofort mit dem Kopf bis in die Wolken.

Um die Gefahr einer Feuersbrunst so gering wie möglich zu halten, wird immer mehr im Fachwerkstil gebaut. Große Wandflächen werden mit einem Geflecht aus Weidenruten ausgefüllt, das mit einer Art Zement aus Lehm, Schlamm und Kuhmist bestrichen wird.

Man kann natürlich nicht einfach drauflosbauen – es gibt Vorschriften – man darf einen Giebel nicht pichen oder teeren. Eine Feuerstelle muß gesichert sein – auf gar keinen Fall darf Bettstroh oder eine Bettstatt näher als vier Fuß am „fiur" sein, und dergleichen Dinge mehr. Für alles gibt es Vorschriften.

Manchmal kommt einer und prüft nach, ob man nach der „Richtschnur" arbeitet.
Es gibt Gemeinden, die das sehr genau nehmen, bei der geringsten Abweichung „zur Ordnung rufen" und den Maßstab anlegen.

Trotzdem ist die Brandgefahr groß; im Nu kann ein ganzes Stadtviertel lichterloh brennen. Vor 12 Jahren, im Mai 1554, wurden ¾ von Goes durch Feuer zerstört.

Da hilft auch alles Löschen nichts. Mit einer nassen Feuerpatsche kann man natürlich versuchen, fliegende Funken auszuschlagen, und selbstverständlich hängt man an den angrenzenden Gebäuden feuchte Tücher auf. Manchmal deckt man sie sogar ganz zu. Von nah und fern kommen die Leute herbeigelaufen und helfen löschen. In langen Reihen werden die Wassereimer weitergereicht. Das geschieht regelmäßig, denn es brennt oft.

Nun ja, die Katze, die sich nachts in der noch warmen Asche behaglich einrollt, kann einen tüchtigen Funken in den Pelz kriegen...
Eine glimmende Strähne bleibt am geräucherten Hering hängen und hopp – steht die ganze Bude in Flammen. Es kommt auch vor, daß Häuser absichtlich angezündet werden. „Mortbrant" heißt das dann.
Das schreien die Leute denn auch.

Ganz allmählich „versteinern" die Häuser. hölzerne Rauchabzüge werden in Schornsteine umgewandelt, Trennwände aus Backstein gemauert, und anstelle der „weichen" gibt es immer mehr „harte" Dächer.
Nur der Vordergiebel darf noch aus Holz sein (er besteht ja ohnehin zum größten Teil aus Glas).

In manchen Gemeinden muß das Herdfeuer nachts ganz gelöscht werden, in anderen genügt es, den Feuersturz – eine eiserne oder irdene Glocke – über die glühende Asche zu stülpen.

Löschwasser muß immer zur Verfügung stehen. Der Brandmeister prüft bei Frostwetter nach, ob die Löcher im Eis offengehalten werden.

Aus der alten Brandwehrordnung von Goes:

Jedermann, der in Goes wohnt, muß zwei lederne Eimer im Hause haben, so er mehr besitzt als 20 Pfund. Wer weniger besitzt, braucht nur einen Eimer zu haben.

Wessen Löschgerät bei einem Brand verloren geht und wer dies beschwören kann, bekommt seinen Schaden ersetzt.

Bei einem Brand oder wenn das Gerücht eines Brandes aufkommt, muß aus jedem Haus eine Person hingeschickt werden, „die bei der Wehr hilft". Er oder sie muß Eimer und Löschwasser mitbringen.

Wenn es nachts brennt, muß vor jedes Haus und jeden Schuppen eine Laterne mit einer brennenden Kerze gehängt werden.

In Häusern ohne hartem Dach (also den Häusern mit Schilfdächern) muß eine lange Leiter vorhanden sein, sowie eine kurze mit eisernen Haken

Sofern die Stadt es anordnet, muß jedermann von Zeit zu Zeit einen Zuber mit zwei Henkeln vor sein Haus stellen. Der Stadtbote geht dann herum und schreibt auf, wo ein solcher fehlt.

Das Leichenstroh (auf dem jemand gestorben ist), darf nur außerhalb der Tore am Ende der geschotterten Straßen verbrannt werden.

Wenn nach einem Brand ein neues Haus gebaut wird, gibt es in Goes Zuschüsse:
8 Schellinge für ein Schieferdach
4 Schellinge für ein Ziegeldach,
damit die Strohdächer aus der Stadt verschwinden.

Die Häuser auf dem Lande haben keine solchen hübschen Gitter, sondern einfaches Flechtwerk!

Ältere Steinhäuser haben solche Fensteröffnungen. Oben in Blei gefaßtes Glas und darunter eine Öffnung für die Belüftung (window), die mit Fensterläden verschlossen werden kann.
Ein Gitter in der Fensteröffnung schützt vor Einblicken und hereinflatternden Hühnern – aber es ist und bleibt eine windige Angelegenheit.

Auf den Straßen herrscht - rundheraus gesagt - eine riesige Schweinerei - so ist es nun einmal. Jeder schmeißt auf die Straße, was er loosein will: Den Inhalt des "Binkeltopfs", Küchenabfälle, zerschlagenes Geschirr - hopp, raus damit. Die Pferde und das Kleinvieh auf der Straße lassen ebenfalls ihre Haufen zurück - macht alles nichts; fort ist fort... Aber nach ein paar Regentagen kann man nur mit Müh' und Not durch die stinkende Brühe waten.

Muß man schon innerhalb der Stadtmauern durch den Straßendreck waten – draußen vor den Toren ist es erst recht nicht besser. Da jedermann den schlammigen Karrenspuren ausweicht, wird der Weg an manchen Stellen immer breiter.
  Durch dick und dünn.

Wenn im Winter die Erde gefroren ist, kommt man kaum noch voran.

Hier und da gibt es Ansätze zu einer gepflasterten Straße, aber die ist sehr teuer. Obwohl Goes keinen Mangel an Steinen hat – man läßt die Bußgelder in Steinen bezahlen – gibt es kaum Fortschritte.

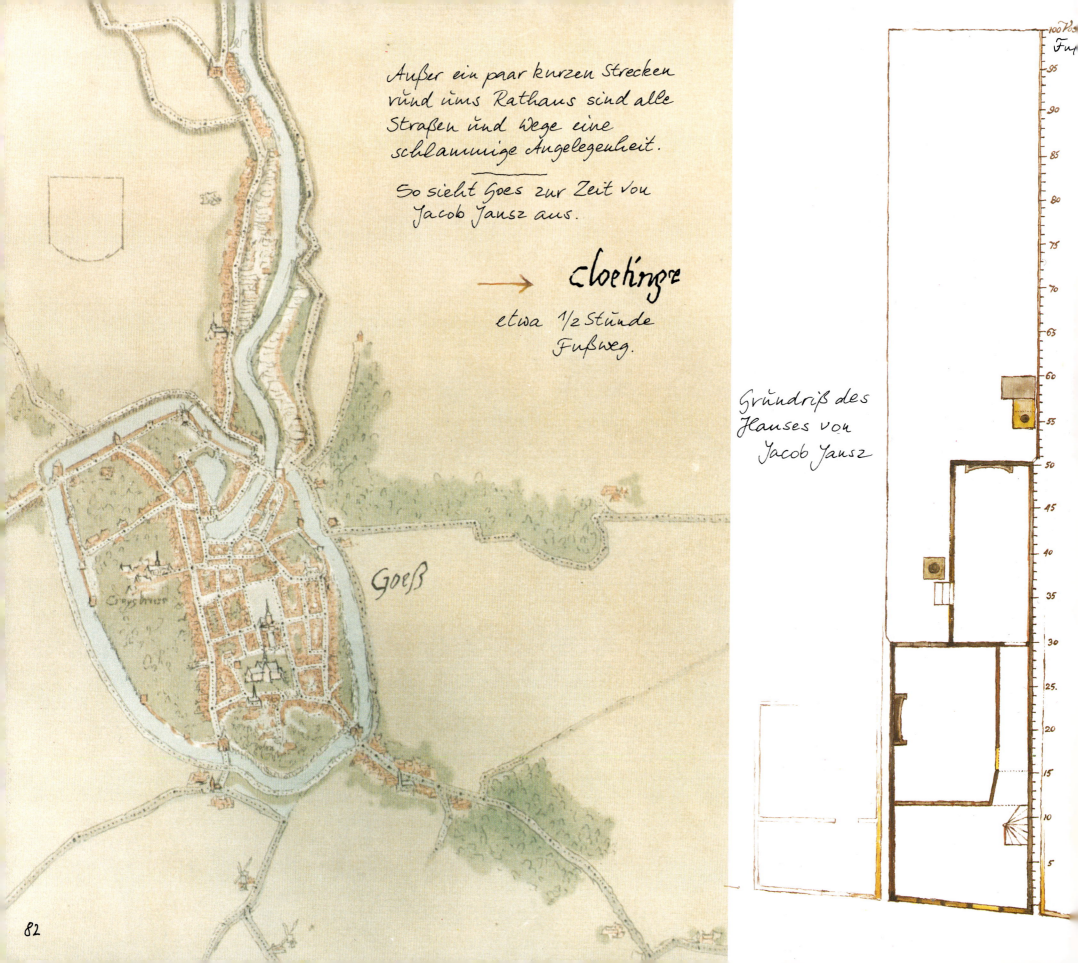

Außer ein paar kurzen Strecken rund ums Rathaus sind alle Straßen und Wege eine schlammige Angelegenheit.

So sieht Goes zur Zeit von Jacob Jansz aus.

→ cloetingr

etwa 1/2 Stunde Fußweg.

Grundriß des Hauses von Jacob Jansz

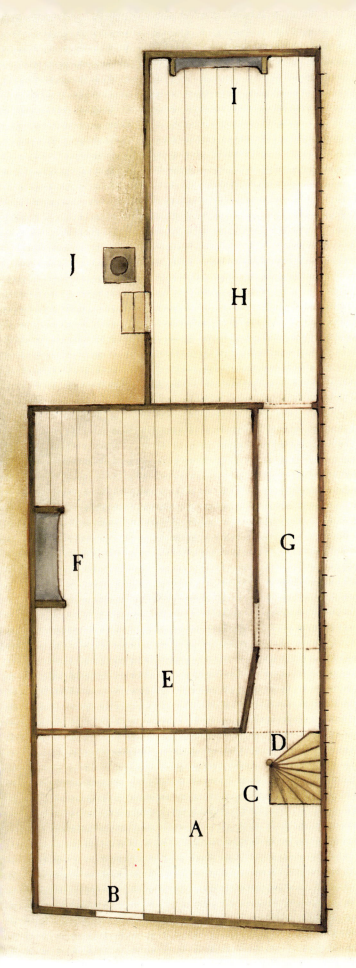

Das „hûs" von *Jacop Hauß poortclick*

- A Vorstube
- B Haustür
- C Wendeltreppe
- D Speisekammer unter der Treppe
- E Innenstube
- F Kamin in der Innenstube
- G Gang
- H Küche
- I Küchenschornstein
- J Regentonne

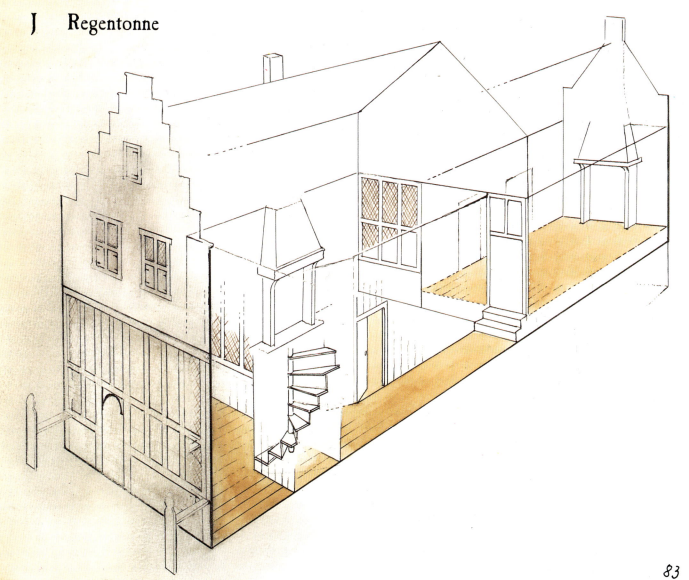

Das Haus von
Jacob Jansz
von der
Straßenseite aus

Wenn man das Haus betritt, steht man in der Vorstube oder Diele. Heimarbeiter – und davon gab es damals viele – Kleidermacher, Schreiner, Korbflechter, Sattler und Schuhmacher usw. benützten die Vorstube als Werkstatt, Ausstellungsraum und Laden.

Wie man sieht, hat sich auch Jacob Jansz mit seiner Arbeit ans Fenster gesetzt. Das kathederartige Schränkchen, unter dem die Überschuhe stehen, ist ein Schreibpult, dem wir unser Wort „Kontor" verdanken. Es heißt Comptoir oder Kontor.

Das Kontor wie auch der Kastenstuhl (rechts) haben geschnitzte Füllungen.

Und die werden so hergestellt.

← Das Ding vorne rechts ist ein zusammengeklappter Predigtstuhl. Es gibt ihn in verschiedenen Ausführungen.

"Ein Predigtstühlchen, so man zur Kirchen trägt."

Für das einfache Kirchenvolk gibt es keine Sitzgelegenheiten im Gotteshaus.

87

Der dreieckige Schemel, auf dem Jacob Jansz sitzt, ist das überall anzutreffende „Dreibein", ein einfaches Sitzmöbel aus gedrechseltem Holz mit einer dreieckigen Planke als Sitz.

Das Ding hat uns jahrhundertelang treu gedient. Es ist stabil, steht sicher auch auf unebenem Boden, und notfalls kann man tüchtig damit dreinschlagen.

Außerdem leistet das Dreibein hervorragende Dienste als Kinderschlitten.

Wenn man ein Bein verlängert, ergibt das eine Variante des Dreibeins, auf der man gern rittlings sitzt.

Bequeme Sessel kennt man nicht. Wenn es sein muß, setzt man sich einfach auf den Boden.

Wie gesagt, die Vorstube ist Atelier, Werkstatt und Ausstellungsraum zugleich. Kleidermacher, Schuhmacher, Schreiner, alle arbeiten in der Vorstube. Also auch Jacob Jansz Poortvliet. Er malt und verkauft kleine Bilder, und so zufällig ist das auch wiederum nicht, daß er sein Brot mit Malen verdient, denn das tun viele.

Die Zunftliste von Antwerpen:

- 169 Bäcker
- 78 Fleischhauer
- 91 Fischhändler
- 110 Barbiere und Chirurgen
- 124 Goldschmiede
- 300 Maler und Bildschnitzer
- 594 Kleider- und Strümpfemacher.

Die Vorstube ist eine prima Werkstatt, hat aber einen großen Nachteil – es gibt keine Heizgelegenheit.

Das ist im Winter ein Problem – man friert sich schier die Hände ab.

Da hilft nichts, als ab und zu
in die Innenstube zu gehen – so heißt
der Raum hinter der Vorstube –
und sich dort ein bißchen am
Feuer zu wärmen.

Gut möglich, daß dort schon jemand steht!
Ja, sie trägt zwar dicke Röcke, aber keine Unterhosen, und beim Einkaufen auf dem zugigen Marktplatz bekommt man einen eiskalten Hintern –
also zu Hause nichts wie ran aus Feuer und die Röcke hoch.!
Eines der schönsten Dinge, die es gibt.

Dies ist der eigentliche Rauchfang.

Der Rauchmantel aus grünem Köpertuch verhindert, daß der Rauch sich niederschlägt.

Die beiden hohen Wangen des Kamins

In der Feuerstätte stehen die Feuerböcke, die es ermöglichen, Torfstücke und Brennholz so anzuordnen, daß genügend Zug entsteht.

Ein Feuerbock mit einem Körbchen, in das man eine Schüssel stellen, und Haken, in die man den Spieß einhängen kann.

Die Torflade

Im allgemeinen wurde mit Torf geheizt. Oft war das frischgestochener, noch nasser Moortorf.

Jahrhundertelang wurde der Torf möglichst nah am Hause gestochen, in der „Wildernis ostwärts von Yerseke", was entscheidend dazu beigetragen hat, daß Zuydt Bevelandt (Süd-Beveland) 1530 unter einer gewaltigen Springflut ertrank. Ein gutes Dutzend Dörfer zwischen Yerseke und Bergen op Zoom versank mit Mann und Maus für immer in den Wellen.

Der Turm von Reimerswaal.

97

Das sind Geräte, die man im 17. Jahrhundert zum Feueranzünden benützte, die es aber vermutlich schon im 16. Jahrhundert gab.

Ein Feuerschläger aus Stahl

ein Feuerstein

Zünderbüchse mit einem Zünder aus angesengtem Werg

Der Feuerstein

So hält man Feuerstein und Zünderbüchse in der Hand.

Mit dem Stahl schlägt man gegen den Stein, bis ein Funke auf den Zünder fällt. Man bläst den aufglimmenden Zünder an, hält einen Strohwisch oder Späne dagegen und entzündet damit das „fiur" im offenen Herd.

Ein irdener Feuersturz

Sicherheitshalber wurde vor dem Zubettgehen der Feuersturz über die glühende Asche gestülpt. Aber vorsichtig, damit man die Glut am nächsten Morgen wieder anfachen kann.

Aschenlade

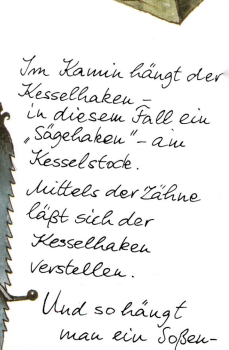

Im Kamin hängt der Kesselhaken – in diesem Fall ein „Sägehaken" – am Kesselstock. Mittels der Zähne läßt sich der Kesselhaken verstellen.

Und so hängt man ein Soßenpfännchen an den Haken.

98

Die Innenstube vom Kamin aus gesehen.
„eine große Bettlade mit Flaumenbett, Kopfpfühl, Fußbank, Schlaflaken, roter Wolldecke sowie blauen Vorhängen und Schabracken an eisernen Stangen".
So ein Bett ist manchmal ziemlich hoch:
„nicht ungleich Heuhaufen so hoch, daß jemand daraus fallend Gefahr läuft, sich den Hals zu brechen".

Die Bettlade ist ein kassettenartiges Möbelstück, in dem ein mit Federn gefüllter leinener Bettsack liegt. Der Baldachin oder Betthimmel mit Vorhängen ringsherum hängt an Stangen und ist mit Schnüren an der Zimmerdecke befestigt. Die Eckgardine ist hochgebunden.

Über dem zweitürigen Vorratsschrank hängt ein Wasserkessel.

Am Ende des Ganges gelangt man in die Küche. Was man dort keinesfalls erwarten würde – eine Bettstatt! Dort schläft die Tochter des Hauses. Sonderbar, aber so ist es nun einmal. Im Sommer wird hier geheizt und gekocht, aber im Winter brauchen wir dringend das wärmende Feuer im Kamin der Innenstube. Also wird dann dort gekocht und gebrutzelt. Es kommt zu teuer, zwei Feuer zu unterhalten, darum ist es in der Küche im Winter eiskalt.

Manche Leute haben einen Brunnen gleich neben dem Haus, andere müssen das Wasser vom Gemeindebrunnen auf dem Markt holen.

Man schleppt sich schief und krumm mit dem Wasser! Verständlich, daß die Leute sparsam damit umgehen. Morgens eine Katzenwäsche und fertig ist die Laube. Sie halten mehr von Reinlichkeit im Haus als am Körper.

Ja, wenn es sich gar nicht mehr vermeiden läßt, dann eben rein in den Holzzuber... Aber es ist langweilig, sich selber hin und wieder einen Schöpflöffel Wasser über den Kopf zu gießen. Man kann natürlich auch in die Herberge gehen, wo es für müde Reisende eine Badestube gibt.

Dort geht es viel geselliger zu, aber die Kirche ist sehr dagegen.

Auf dem Hinterhof finden wir Scheuern, Ställe, Käfige und derlei Dinge; nie einen hübschen Rasen. Viele Leute üben dort ihren Beruf aus. Also: Unordnung, Lärm und Gestank.

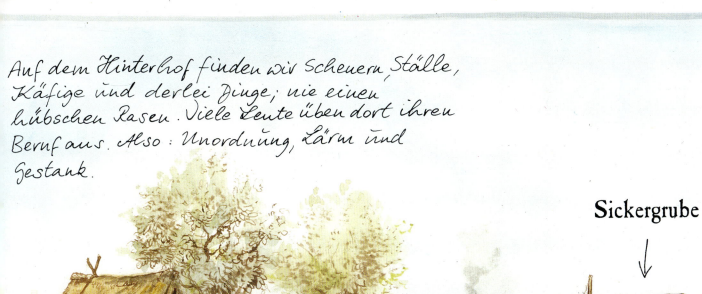

Sickergrube

↑ Die Hinterpforte

ein Hühnerstall mit einem Kapaun und acht Hennen, im Preis von 4 £

Abfallbehälter

Roggenkiste

Gestell mit Töpfen und Kannen

Diese Öffnung des Spatzentopfes ist gegen die Mauer gekehrt

ein mager Schwein, im Preis von 18 £

Der Topf hängt unter der Dachrinne. So lockt man die Spatzen, darin zu brüten. Das tun sie auch, und kurz bevor die Jungen flügge sind, werden sie von den Leuten aus dem Topf genommen und mit einem Stück Brot verspeist!

Wäscheklammer. Man sieht nicht oft Wäsche an der Leine flattern, denn gewaschen wird nur selten.

Töpfe und Kannen vom Topfgestell

106

Von Leuten, die auf allen Märkten zu Hause sind, kauft man außer dem gewöhnlichen Tongeschirr auch kleinere Töpferwaren, wie Vasen, Leuchter, Öllämpchen und dergleichen

Eine Sparbüchse in Form einer Brust ← ein Sparhahn, der gleichzeitig eine Pfeife ist, ein Pfeifchen für einen Cent.

Narrenpfeife

Zinn-kanne

Senfschüssel

Ein langes Leben ist – wie wir wissen – dem Tongeschirr und Steingut nicht beschieden: Der Krug geht so lange zu Wasser, bis er bricht. Die langlebigeren Sachen sind aus Zinn, Eisen oder Kupfer. Aber die sind auch sehr viel teurer.

Mörser

Messingtopf

Kupfer-kessel

Eiserner Breitopf

Der große "Swinekessel" dient eigentlich dazu, das Vieh-futter darin zu kochen (eignet sich aber auch vortrefflich für große Familien.

Auf dem Land wird der große Futterkessel auch dazu benützt, um Suppe, dicken Brei oder Eintopf darin zu schmoren.

Wegen ihrer Form nennen wir diese Bohnen Spargelbohne

← Blaukrant

Verschiedene Gemüse, fein-
gehackt, Brocken altbackenen Brotes
und Brühe: daraus wird ein Süppchen
gekocht ("Soppelin" sagten sie).
Ein dicker Mischmasch.
Es wird wenig Obst gegessen,
das verwässert nur
das Blut.

↑ Altes Brot

Geflügel und Wildbret gibt es nur für die Reichen (und für gerissene Wilderer), einfache Leute können das nicht bezahlen.

Es gibt 1) Herrenbrot (unser Weißbrot), für die Reichen und für die Henkersmahlzeit.
2) Weißbrot (unser Weizenvollkornbrot)
3) Schwarzbrot (ein schwarzes Roggenbrot für ärmere Bürger)

Man trägt es in einem Leinentuch nach Hause. Wohl möglich, daß man dem Bäcker über den Weg läuft, der gerade zur Brücke geht, um den Lappen, mit dem er den Ofen gereinigt hat, in der Gracht auszuspülen.

Breigerichte ißt man auf einem „Teller" aus Brot.

Ein solches gehäuftes Brot ißt man mit den Fingern: „Wie kann man den Allmächtigen um sein täglich Brot bitten und sich dann weigern, es mit den Fingern anzufassen?" Die Geistlichkeit will nichts von einer Gabel wissen, also gibt es keine!

Wohl aber ein Messer, um dann und wann einen Brocken draufzuspießen.

„Niemand soll die Hand an Speise schlagen, ehe dem Herrn einen Dank zu sagen" sagt Erasmus in seinem Büchlein über Tischmanieren „Gute manierliche Sitten (1559)".

und recht hat er.

Zu den Mahlzeiten wird der Tisch heruntergeklappt und ein Tischlaken darüber gebreitet.

Außerhalb der Mahlzeiten steht der Tisch hochgeklappt an der Wand. Es gibt verschiedene Ausführungen. Der runde Tisch hat oft ein bunt bemaltes Tischblatt.

Auf dem Tisch ein hölzerner Teller.

Oder vielleicht so ein vornehmes Tellerbrett aus Tannenholz.

Holz- oder Zinnlöffel zum Essen der "Soppe", und, als fester Bestandteil jeder Mahlzeit, das Salzfaß und die Mostertschüssel.

Die Kinder stehen während der Mahlzeit.

Zwei Mahlzeiten pro Tag. Zum Essen wird Bier getrunken. Von Kaffee oder Tee haben sie noch nie etwas gehört.

Tag für Tag stundenlang am Herd stehen, auf das Feuer aufpassen, mit Töpfen und Kesseln hantieren, den Haken höher oder doch lieber niedriger stellen – zwischendurch die Arbeit mit Sieb und Mörser, und immer die Sanduhr im Auge behalten...

Um Bällchen aus Fleisch zu machen
Man soll nehmen Schweinefleisch, den Schinken von Schweinefleisch und siede sie in sauberem Wasser ganz gar, und stoße dann das Fleisch mitsamt dem Fett klein in einem Mörser, darein tut man vier oder fünf Dotter von rohen Eiern, Kaneel, Ingwer und ein wenig gemahlene Gewürznelken, meist auch Galgant und Safran, dies alles zusammengemenget und Bällchen daraus gemacht, so groß wie Eidotter, dann Zucker darein getan; und dann nehme man weißen Wein und Weißbrot, schneide die Krusten ab und lege es in den Wein, setze es aufs Feuer damit das Brot weich wird, darein tut man Ingwer, Zimt, Saffran, Galgant und Zucker, treibe dies zusammen durch ein Sieb, daß es recht dick ist; dann wird es aufgekocht, die Bällchen darein getan und mitgesotten, und dann warm aufgetragen, fünf oder sechs in einer Schüssel.

Und weil es Heiligabend ist, macht sie noch eine „sunderliche Torte".

Um eine „sunderliche torte" zu machen, nimm Quitten, in sauberem Wasser gekocht, oder gebratene Birnen, 6 oder 7, geschälte Mandeln ein Viertel Pfund, frischen Quark ein Viertel Pfund, eine Handvoll Rosinen ohne Kerne, stoße alles gut zusammen und süße es mit Zucker und Zimt und anderen Gewürzen nach Belieben, dazu 6 oder 7 Eidotter und ein Viertel Pfund frische Butter.

Um „Suppe Jacopijn" zu machen

Nimm ein gebratenes Huhn und tue alle Knochen heraus und nimm Vleckier oder einen anderen guten Käse und schneide ihn ganz dünn und gleichmäßig in eine Schüssel, so daß der Boden bedeckt ist, und lege dann von dem Huhn darauf und Zucker drauf gestreuet, und dann wieder Käse drauf gelegt und wieder Hühnerfleisch und Käse darauf, und gib Brühe von frischem Rindfleisch dazu, und stelle es aufs Feuer. Wenn es gesotten ist, wird es heiß auf den Tisch gebracht; denn ehe man alle diese Substanzen in die Schüssel legt, soll man Weißbrot nehmen und in Würfel schneiden und auf den Boden der Schüssel legen, damit nichts anbrennen soll.

Um Fladen zu machen

Milch und einen Löffel Mehl und 20 Eier in den Topf, das wird sein ein Viertel Pfund, und ein bißchen Butter und Zucker und Salz.

Gegen Husten

Nimm einen kleinen Becher Honig aus der Wabe und siebenmal soviel frisches Wasser und lasse es auf dem Feuer aufkochen, bis daß es schäumt, und hebe den Schaum säuberlich ab und nimm dann morgens und abends ein bißchen davon.

Eintopf aus Schweinefleisch

Nimm Fleisch und brate es auf dem Rost gut dunkel, und nimm Zwiebeln und schneide sie in großen Stücken in den Eintopf, und nimm Pfeffer und Kaneel und Gewürznelken und etwas roten Wein sowie Salz, Essig und Wasser und lasse alles zusammen sieden.

Wie Sie sehen, ohne Kartoffeln. Sie sollten Jacob Jansz Poortvliet mal zum Spaß fragen, was er von Kartoffeln hält! Er wird Sie komisch angucken: „Kartoffeln? Nie was von gehört..."

Für gesottenen Hecht

Man lasse den Hecht in Wasser sieden und ziehe ihn ab, und nehme dann Mandeln und stoße sie klein samt weißem Wein und Krumen von Weißbrot und Zucker, und streiche dies zusammen mit weißem Wein durch ein Haarsieb und lasse es aufkochen. Sodann gieße man es über den Hecht und trage es warm auf.

Man nehme Mandeln und stoße sie klein im Mörser.

Das „durch ein Haarsieb streichen" bedeutet, daß man den Brei durch ein Sieb reiben muß. Am besten geht das mit einem Reibglas.

Das Reibglas, mit dem man auch die saubere Wäsche glättet.

Um dicke Waffeln zu machen, die man nicht aufschneidet

Man nehme 6 oder 8 Eier und verquirle sie fein und tue darein einen Löffel Hefe mit warmem Bier, und menge soviel Butter darunter, daß der Löffel darin steht. Dann lasse man es stehen und aufgehen, bis man essen will, und dann backe man die Waffeln und gieße Butter darüber und trage sie so auf.

Wenn man selbst kein Waffeleisen besitzt und sich eines ausborgt, sollte man den Brauch beachten, daß die zuletzt gebackene Waffel im Eisen bleiben muß, wenn man das Gerät zurückbringt.

So wird Tag für Tag in der Innenstube gebrutzelt. Dicker Qualm von gesottenem Hecht, gebackenen Waffeln und was es sonst noch gibt legt sich fettig über den ganzen Hausrat und das Bettzeug.
Und im selben Raum schlafen sie auch.

Es wird ziemlich rasch dunkel im Haus. Also nichts wie den Kronleuchter herunterlassen und die Kerzen anzünden, würde man sagen. Aber nein – man geht sparsam um mit Feuer und Licht. Der Kronleuchter ist nur für Sonn- und Feiertage. Also morgen, an Weihnachten.

Abends brennen meist nur zwei, drei Kerzen.

Es ist immer ein Vorrat im Kerzenkorb.

Kerzen und dgl. kauft man von einem Hausierer an der Haustür.

Sehr viel Licht geben die Dinger nicht, aber so schlimm ist das auch wiederum nicht – die Menschen gehen ohnehin zeitig ins Bett.
Und es gibt immer wieder Tätigkeiten, bei denen man kaum hinzuschauen braucht. Wie zum Beispiel das Spinnen, das man von Kindesbeinen an fast jeden Tag tut.

Auf einen hölzernen Ständer, den sog. Spinnrocken, auch einfach „Rocken" genannt, wird eine Docke aus Wolle oder Flachs gesteckt. Mit der linken Hand werden Fasern aus der Docke gezupft und zusammengerollt. Von dort verläuft der Faden zur rechten Hand, die den Wirtel in Drehung versetzt.
Der Wirtel besteht aus einem langen, dünnen Stöckchen, der Spindel, und einem draufgeschobenen Spinnstein aus Steingut.

Im Töpfchen ist Wasser, um die Finger zu befeuchten. Wenn man neues Spinnmaterial auf den Rocken gesteckt hat, kann man eine ganze Weile weiterspinnen; auch wenn es dabei dunkel wird, stört das nicht sehr.

Es gibt schon Brillen. Nicht viele, aber es gibt sie. Wenn der Herr Schultheiß seine Brille zu Hause gelassen hat, kann man fix ein paar feine Näharbeiten erledigen.

Draußen kann es stockfinster sein, so dunkel, daß man mit einem Stock den Weg suchen muß.

„Dein Wort ist meines Fußes Leuchte" hat für die Menschen durchaus Bedeutung.

Es gibt verschiedene Arten von Laternen:

Die offene Laterne aus Steingut, eine aus Eisenblech mit Spalten und Löchern und eine Laterne mit kleinen Fenstern aus Horn.

Wenn Jacob Jansz abends im Dunkeln auf die Straße geht, trägt er eine Laterne bei sich. Das ist in Goes so vorgeschrieben.

Die Ortssatzung von Goes

Die horzhoden

sagt es deutlich:

So wer nachts wandelt auf der Straße, nachdem die Glocke geschlagen hat, ist strafbar, außer er hat ein Licht bei sich. Wer nachdem die Glocke geschlagen hat, auf der Straße verbotene Waffen trägt, ist strafbar. Sich versammeln oder das Laufen mit Fackeln oder offenem Feuer ist verboten.

Sowas darf man also nicht.

Wenn Jacob Jansz Poortvliet sich am Ende des Tages auszieht, dann den Feuersturz über die Asche stülpt und den Nachttopf in Reichweite stellt, die Bettvorhänge losknüpft und die letzte Kerze ausbläst, ist es pechfinster.

Behaglich in der Bettstatt auf dem Rücken liegend, lauscht er dem friedlichen Schnurren der Katze und wartet auf den „snezen slaf". Daß die Luft in der Stube ziemlich stickig ist und daß man den verbrannten Torf und den gesottenen Hecht noch gut riechen kann, stört ihn überhaupt nicht, – das ist er gewöhnt, und er schläft sanft und selig ein.

Zu bestimmten Zeiten bringt Jacob Jansz seine Arbeiten zu einem Kunsthändler in Antwerpen. Dort gibt es viele Kunsthandlungen, denn die große Stadt betreibt eine rege Ausfuhr von Gemälden in die verschiedenen Länder Europas. Die Reise von Goes nach Antwerpen geht über 50 km.

Eine zuverlässige Paketpost oder dergleichen gibt es nicht – jeder schleppt seinen eigenen Kram dorthin, wohin er ihn haben will.

Auf dem Rücken, auf dem Kopf, in der Kiepe oder am Tragjoch.

Es gibt die Schubkarre und im Winter den Schlitten,
für Wohlhabendere auch mit einem Pferd davor. Reiche
Leute benutzen den Schlitten einfach nur zum Vergnügen: den Narrenschlitten.
Er heißt so wegen der vielen Glöckchen.

Und wenn es kein Eis gibt, so benützt man Wasserfahrzeuge aller Arten und Größen,
zum Beispiel um einen Reisenden überzusetzen,
oder um in den Ländern an der Ostsee Getreide zu holen.

Immer und überall das treue Pferd, vom Fohlen bis zur Schindmähre.

Ohne Rücksicht darauf, was so ein braver Gaul alles tragen, schleppen oder ziehen muß – völlig egal: Man setzt sich mit seinem faulen Hintern einfach obendrauf.

Wenn man kein eigenes Pferd hat, tut man gut daran, sich vor der Reise umgehend zu erkundigen, ob nicht jemand mit Pferd und Wagen zufällig in die gleiche Richtung fährt, und ob man nicht – gegen Bezahlung natürlich, mitfahren dürfe.

Was man auf gar keinen Fall tun sollte: ganz allein reisen, denn das hieße sein Leben aufs Spiel setzen –
nicht nur wegen der Wölfe, auch wegen der Strauchdiebe und dem anderen Gesindel.

Und wenn der Abend anbricht, muß man unter Dach und Fach sein; man übernachtet in einer Herberge.

Man ißt, was auf den Tisch kommt, und hofft, daß das Bett nicht allzu schmutzig ist. Da man oft zu fünft in einem Bett schläft, und Jacob Jansz dabei nicht auf seine Bilder aufpassen könnte – das Werk von Monaten – beschließt er, lieber in der Wirtsstube zu bleiben und im Sitzen zu dösen.

Ständig hin und her geschüttelt und schlaftrunken betrachtet Jacob Jansz am nächsten Morgen die Landschaft.

Wälder, Moore, viel Wasser und hie und da eine Bauernkate. Menschen sieht man kaum. Ganz selten einen Schafhirten mit seinem tragbaren Spinnrocken — damit verdient er noch ein bißchen nebenbei.

Es werden viele Schafe gehalten.

Man merkt sofort, daß man sich der großen Stadt nähert. Langsam im Wind baumelnde Leichen verkünden dem Reisenden, woher er weht. Man riecht sie schon von weitem...

Wer sich im Jahre des Herrn 1566 im Leben des Jacob Jansz umsieht, dem bietet sich oft ein unerwarteter Anblick. Das liegt sozusagen in der Luft.
Möglich, das auf den folgenden Seiten Dinge abgebildet sind, die Ihrer Meinung nach nicht unbedingt sein müßten. Genauer gesagt: Vielleicht finden Sie es nicht richtig, daß Ihre Kinder sie sehen.
Aber Jacob Jansz und seine Zeitgenossen haben solche Szenen ständig vor Augen. Und sie schauen hin. Und auch ihre Kinder gucken zu.

Und nicht nur das, nein, es ist für sie sogar ein prächtiger Zeitvertreib! Da ist was los! „Sie wollen einen aufknüpfen!" „Sie legen einem den Strick um den Hals!" rufen sie, denn sie spotten gern. Vor allem über Dinge, vor denen sie insgeheim Angst haben, wie Schmerzen, Hunger, dem Teufel, dem Winter und der Pest.

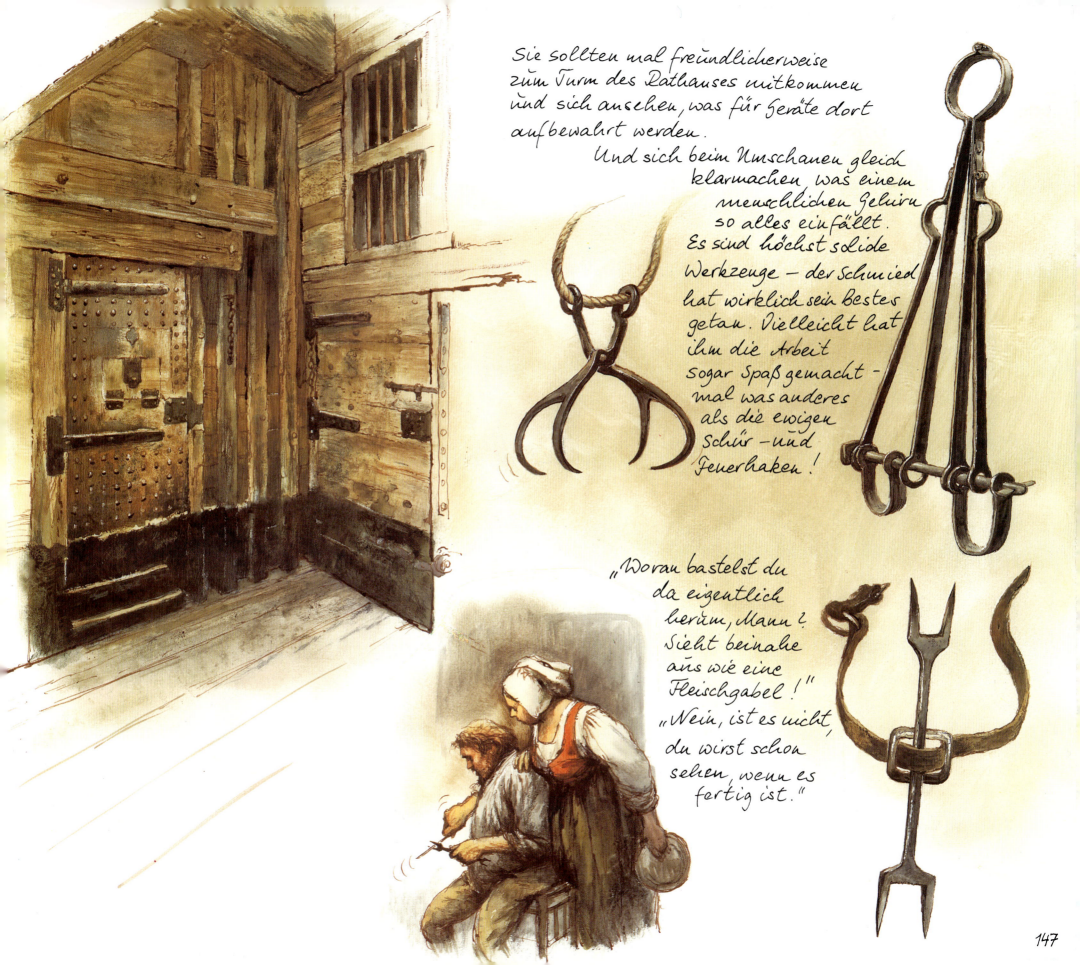

Wenn sie nicht geständig sind, kommen noch die Gewichte hinzu. An Händen und Füßen.
Sie <u>müssen</u> bekennen – ein Verdächtiger kann nur verurteilt werden, wenn er gestanden hat. Also <u>wird</u> er bekennen. Oder sie…

Wenn nicht im Guten, dann eben im Bösen. Und wenn es noch so weh tut, und wenn ihr Geschrei auch durch Mark und Bein dringt – den Richter läßt das völlig kalt:

Der Richter hat in der Tortur nicht zu achten auf das Rufen, Kreischen oder Klagen des Delinquenten,

steht im

Practiken und Handbuch in Criminalsachen (Leuven 1555)

(Es gibt Schmutzfinken, die dabei die ganze Bude vollkacken! Da muß der Scherge alles wieder saubermachen.)

Denn es ist eine kleine Welt – jeder kennt jeden in Goes.
Man frage nur Jacob Jansz – natürlich hat er Cornelis' Jonghe
Nele gekannt. Er hat seinen letzten Atemzug
am Galgen ausgehaucht.

„Ach, edler Herr, gebt doch die Leiche
meines Sohnes frei, damit ich sie begrabe."
Aber nein, er muß hängen bleiben –
soll dort verfaulen – als abschreckendes
Beispiel.

Pierken van Horen hat es so bunt getrie-
ben, daß er am 13. Februar 1555 gerädert
wurde. Sein Kopf kam auf den Pfahl.
Dann dauert es noch Monate, bis die
Krähen es nicht mehr schaurig finden und
sich ans Werk machen.

Weil er selber zugegeben hat,
ein Anhänger der Wiedertäufer
zu sein, wird Jan Jansz Grendel
am 9. Februar 1562 festge-
nommen.

Am 5. Mai wird er auf die Folterbank gelegt,
beharrt aber auf seinem Irrglauben, so daß die hoch-
notpeinliche Befragung bis zum 16. Dezember andauert.
(Und das kostet Goes eine Menge Kerzen), doch seine
Antwort lautet immer nur: „Was ich gesagt habe,
habe ich gesagt!" Und dadurch gerät er in
Schwierigkeiten.

Am Sonntag, den 31. Januar 1563 ist ganz Goes auf den Beinen und schaut zu, wie es dem Jan Jansz Grendel ergeht.

Sie sind alle da
Jacob Jansz poortvliet
Corn Jansz poortvliet (er ist der Wirt vom Schwarzen Löwen)
Willem Cornu poortvliet (der Hosenmacher aus
Andries poortvliet   der Operelstraat)
und Jacob Ingelssen Poortvliet und Christiaen Pietersz Poortvliet und Janneken und Neelken und die Kinder.

Practiken und Handbuch in Criminalsachen

Der Vogt muß also achten auf:

„Dieberei,
Totschlag,
Seeräuberei,
Straßenraub,
Vergewaltigung,
Jungfernschändung,
Mord,
Mordbrennerei,
Verschwörung,
Falschmünzerei,
Falsches Zeugnis,
Gefälschte Siegel,
Friedensbruch,
Glücksspiel,
Mißbräuchlich Glockengeläut,
Sodomie,
usw."

Der Vogt Floris Schack hat sein Amt für 150 Feämische Pfund pro Jahr gepachtet. Seine Einkünfte bezieht er nach folgenden Tarifen:

- Exekution durch Feuer: 28 Pfund
- idem durch Schwert oder Strick: 16 Pfund
- Bestrafung, bei der Blut fließt, ohne Tod: 8 Pfund
- Behandlung auf der Folterbank: 2 Pfund, 2 Schellinge
- die Kerzen, die man zu dieser Behandlung benötigt: 4 Schellinge
- das Abführen verbannter Missetäter: 3 Pfund
- Proviant für Gefangene: 3 Schellinge pro Tag
- die Vogtsknechte pro Tag: 5 Schellinge
- Verhaftung eines Missetäters, der dabei handgreiflich bestraft wird: 10 Schellinge pro Vogtsknecht

Am Ende des Jahres 1566 muß der Vogt feststellen, daß es kein gutes Jahr war. – Im Saldo 142 Pfund 6 Schellinge! Das bedeutet Draufzahlen. Und die Erhöhung der Tarife im nächsten Jahr!

Das „Practiken und Handbuch" von Joos de Damhouder
ein vor elf Jahren –1555– erschienenes Buch, ist eine
große Hilfe für den Richter. Darin steht alles über
Vergehen und Malefizien

Wie man vorgeht in Criminalprocessen.
    Von Inquisitien,
Von Vorladungen.   Von Gefängnissen oder Kerkern.
    Von der Prügelstrafe.
Von Antworten bei Ausflüchten.
Von dem auf die Bank legen.   Von der Folter.
Von nochmaliger Folter.   Wer von der Bank zu verschonen sey:

i.	Doktoren	
ii.	Ritter	
iii.	Officiere	
iiii.	Junge Kinder unter 14 Jahren	sind von der Bank zu verschonen
v.	Alte und Geisteskranke	
vi.	Frauen, die ein Kind tragen	
vii.	Majestätsverbrechen	
viii.	Verräterei	
ix.	Simonie	verschonen niemanden von der Bank
x.	Zauberei	
xi.	Falschheit	
xii.	Einzelkerker	

Von Falschmünzern.
Von Totschlag mit der Hand.
Von Überfall.   Von Vergewaltigung.

Ein gutes und handliches Buch. Da beißt keine Maus
einen Faden ab – aber über Zauberei steht nicht
viel drin, obwohl der Richter oft damit zu tun hat.
Was soll man mit einer „Milchzauberin" tun,
die bei armen Bauersleuten eine Kuh um die andere
verzaubert, so daß sie keine Milch mehr gibt?

Sieh mal, den einen oder anderen Hennendieb gibt man einfach der Schande preis, indem man ihn an den Pranger stellt, damit auch die Jugend ihren Spaß daran hat.

Aber mit einer, „die sich selber verwandeln kann in Katze oder Wolf", muß man sich gehörig vorsehen!

Verstümmelungen gehören dazu. Vor den Augen von Hinz und Kunz werden Hände oder Finger abgehackt wie nichts — Ohren abgeschnitten, die Nase aufgeschlitzt.
Bei Gotteslästerung wird die Zunge durchbohrt oder die Lippen werden abgeschnitten. So ist das
Anno 1566

Und Jacob Jansz wundert sich nicht darüber. Warum sollte er? Jeden Tag Elend, wohin er schaut. Immer, überall. Von Kindheit an sind ihm Galgen und Rad vertraut, das bereitet ihm nachts keine schlaflose Stunde.

Und daß man mit Tieren nicht sanft-mütig umgeht, kümmert niemanden.

Ziemlich kurz angebunden.

Bei Kirmeß-vergnügen wie Aalziehen, Katzenknüppeln und dergleichen lachen die Leute sich scheckig über die Tiere in Todesangst...

Ja, was will man denn? So viel zu lachen gibt es doch gar nicht... Und ganz gewiß nicht in dem fast schon abgelaufenen Jahr 1566.

Gelobet seist du, Jesu Christ,
daß du Mensch geboren bist
von einer Jungfrau, das ist wahr,
des freuet sich der Engel Schar.
Kyrieleis.

Des ewgen Vaters einig Kind
jetzt man in der Krippen findt;
in unser armes Fleisch und Blut
verkleidet sich das ewig Gut.
Kyrieleis.

Den aller Welt Kreis nie beschloß,
der liegt in Marien Schoß;
er ist ein Kindlein worden klein,
der alle Ding erhält allein.
Kyrieleis.

Das ewig Licht geht da herein,
gibt der Welt ein' neuen Schein;
es leucht' wohl mitten in der Nacht
und uns des Lichtes Kinder macht.
Kyrieleis.

Der Sohn des Vaters, Gott von Art,
ein Gast in der Welt hie ward
und führt uns aus dem Jammertal,
er macht uns Erben in seinem Saal.
Kyrieleis.

Das Jahr unseres Herrn und von Jacob Jansz poortbliss 1566, ist bald vorbei.
Dienstag, den 24. Dezember.
Wenn ich bedenke, daß Jacob Jansz auf dem Heimweg ein ihm bekanntes Weihnachtslied summen könnte: „Gelobet seist du, Jesu Christ" das ich heute, mehr als vier Jahrhunderte später, genauso mitsingen kann, rührt mich.

1566 war ein merkwürdiges Jahr. Jahrhunderte später wurden über eben dieses Jahr Bücher geschrieben – Hungerjahr, Wunderjahr, Katastrophenjahr. Anfangs verlief alles, ehrlich gesagt, noch recht glimpflich; der Winter war im großen und ganzen normal. Jedenfalls im Vergleich zu dem Winter davor.

„In diesem Jahr hats wochenlang sehr stark gefroren, so daß viele Menschen sollen gestorben sein in allen diesen Niederlanden, denn sie haben an manchen Orten kein Holz eingebracht, da nicht jedermann auf ein solches hier vorgesehen gewesen, und haben wir keine besonderen Winter gehabt."

Oder über das Eis auf der Gracht und um das Schloß Ostende, einem Kastell, in dem Jacoba von Bayern einst gewohnt hat.

Aber während die jungen Leute herrliche Ausflüge auf den Kanälen und Flüssen machten, schauten die älteren immer besorgter drein...

... und hinauf zum Hahn auf dem Turm,
der unentwegt Woche für Woche nach Osten zeigte.
Es war bitter kalt, und bald herrschte
ernsthafter Mangel an Nahrung
und Brennholz.

Nein, über den Winter 65/66 konnte man nicht besonders klagen; Schnee und Eis wie üblich, nichts Besonderes. Aber die Preise ließen sich nicht gut an:

„es ist alles zu teuer, was man in den Mund steckt."

Vor allem das Getreide wurde teurer und teurer, es war fast nicht mehr zu bezahlen.

„wegen Teuerung des Korns große Bedrückung, Mangel und Armut unter den gemeinen Leuten."

Goes liegt totenstill im Schnee.

Als Folge der Mißernte und wegen der Drohung des dänischen Königs, den Sund zu sperren, so daß unser Land aus den östlichen Ländern keinen Weizen mehr einführen konnte, entstand eine ernsthafte Notlage.

Es gab durchaus Getreide, doch die Händler erwarteten weitere Preiserhöhungen und wollten nicht verkaufen.

In Antwerpen hatte Pauwels van Dale soviel Weizen in seinem Speicher gehortet, daß der Dachboden brach und sich das Korn über die Straße ergoß!

„Hierüber hat es große Aufregung gegeben in der erbosten Gemeinde!"

Man sollte glauben, daß es draußen auf dem Lande besser sein müßte – ein kleines Ei, ein Becher Milch, ein Huhn am Spieß und „eigen Gewächs", aber nein, die Leute waren womöglich noch übler dran.
Zigeuner, Aussätzige, Bettler, Vagabunden, Landstreicher, Spione und Diebe – oft auch entlassenes Kriegsvolk – raubten landauf, landab alles Eßbare, was sie in den armseligen Bauernkaten finden konnten.
Und zogen dann wieder weiter auf der Suche nach einem rauchenden Schornstein.

*Aus der Chronik des Klosters
Maria Wijngaerd Anno 1566*

Als Folge davon wurden alle Dinge ungemein teuer. Im Februar war in Holland großes Leid, Jammer und Wasserschaden; ein Deich durchgebrochen, der noch nie gebrochen war, viel Land untergegangen und fortgetrieben durch große Winde und Stürme. Item Donner und Blitz. Großes Erdbeben an manchen Orten. Es sind auch viele Zeichen gesehen worden am Himmel von mancherlei verschiedenen Leuten.

In diesem Jahr 1566 wurden gesehen zwei Kometen oder Schweifsterne, und waren beide 7 Tage lang schrecklich anzusehen.
Im selben Jahr war noch ein Erdbeben; und es war ein sehr heißer und trockener Sommer, so daß es in vier Monaten nicht geregnet hat; die Tiere starben vor Durst. Vielerlei Krankheiten herrschten überall: wie die Pest, das giftige heiße Brustfieber.

Die Tiere aßen die strohenen Dächer von den Häusern, soweit sie die erreichen konnten, und dort starben auch sehr viele an Hunger und Durst.
Seit Menschengedenken gab es nie einen heißeren und trockeneren Sommer und Herbst, und nach der Ernte begannen alle Dinge sehr teuer zu werden.

Gerade unter solchen Umständen liegt die Pest auf der Lauer. Etwa alle fünf Jahre bricht die Heiße Seuche aus und verpestet das Leben hierzulande gründlich. Jacob Jansz hat schon mehrere solcher Epidemien heil überstanden. Bislang fehlt ihm nichts, aber einmal kann es ihn erwischen, das weiß er sehr wohl. Ja, was kann man sonst tun, als den Allmächtigen anzurufen. Also tun sie das.

.. und ängstlich in den Spiegel gucken, wenn man sich mal nicht ganz wohl fühlt! Wie ihr zumute gewesen sein muß, als sie hinter ihrem Rücken flüstern hörte (und sie redeten von ihr):
„Wenn du mich fragst, so hat sie die Pest in sich. Ja, sie hat ganz deutlich die Seuche"...
Ehe man sich's versah, war man verdächtig.

Woher die Pest nun eigentlich kam, wußte niemand. Erst Jahrhunderte später wurde der Pestbazillus entdeckt.

„Die Mücken, Meneer! Es sind die Mücken, die uns den „swarzen tôt" bringen."

„Das Äpfel- und Pflaumenessen, Leute, das ist die Pest".

„Das schmutzige stinkende Wasser in den Grachten ist schuld!

Margaretha von Parma wußte ganz sicher, daß Fremde das Pestgift eigens besorgt und ausgestreut hatten.
Etwa dergestalt, wie die verderbliche Reformations-Lehre vor allem durch herumreisende Schuster verbreitet wurde.
Andere wiederum waren der Meinung, die Juden seien schuld. Also packte man die am Kragen.

Die Pest habe mit den Mücken nichts zu tun, predigte man in der Kirche. Auch nichts mit Pflaumen oder dem Wetter oder dem stinkenden Grachtwasser. „Die stinkenden und schändlichen Dünste aus unseren sündigen Herzen! Die sind es, die die gerechte Strafe Gottes über uns gebracht haben!!" Und sie nannten die Krankheit eine Geißel Gottes.

„Wären da keine Sünden, so wären keine Pestilenzen"

So ist das.

Manche Leute blickten mißtrauisch auf die Hunde und Katzen, was gar nicht so dumm war.
Aus einer Verordnung in Goes:
Alle Hunde müssen vor vier Uhr nachmittags zur Grube draußen vor der Stadt gebracht werden, damit man sie tötet!

Wer einen herrenlosen Hund bringt, bekommt pro Hund 1 Groot.

„das Geld in der Hand steht er an der Grube"

Einen Zusammenhang zwischen den Ratten und der Pest erkannte man nicht.

Überall gab es Ratten in den Wohnungen der Menschen. In den verwahrlosten Katen liefen sie unverschämt herum, frech wie die Rohrspatzen. Doch die Ratten hausten auch in sauberen Häusern – wenn man im Bett lag, hörte man sie unter den Fußbodendielen fiepen und rumoren.

Natürlich haßten die Leute sie wie die Pest, diese Drecksviecher, die das Essen stahlen und so weiter.

Sie stellten Fallen auf und hetzten die Hunde auf sie, aber das nutzte nicht sehr viel.

Die Seuche konnte in Windeseile um sich greifen.

„Gleich wie in den Tagen des Pharao, da war ein groß Geschrei in Ägypten, denn da war kein Haus, wo kein Toter darin war – manchmal das ganze Hausgesinde ..."

Sieh mal dies geschwächte Volk,
sie können kaum begraben
die Toten auf den Straßen.
Die Bahre fällt auf ihren Leib:
Durch Hunger findet die Pest allhie einen offenen Hafen
und stapelt Leich' auf Leich',
schont weder Kinder, Mann noch Weib.

In der Kirche stank es wie die Pest. Dort wurden die reichen Stinker beigesetzt. Ganze Reihen von Särgen verbreiteten (obwohl tüchtig Weihrauch geschwenkt wurde) einen schweren Pestgeruch, der nicht auszuhalten war.

Die armen Leute, die sich manchmal wegen einer Totenlade in die Haare kriegten, wurden draußen auf dem Friedhof begraben. Zumindest solange dort noch Platz war.

Schwerer, durchdringender Leichengeruch hing über Stadt und Land, und während die Totenglocken tagein, tagaus läuteten, versuchte man die vielen Toten so rasch wie möglich zu begraben. Manchmal auch zu rasch.

„Wie sich erwiesen, ist eine kranke Manns-Person, die wohl an die zehn Stunden begraben gewesen, wieder zu sich gekommen und begann laut zu rufen und mit den Füßen gegen den Sarg zu stoßen mit solcher Gewalt, daß es endlich von jemandem gehört wurde."

Um zu verhindern, daß die Schweine nachts ausgruben, was für immer unter dem grünen Rasen zu bleiben hatte, wurden Gitter vor dem Eingang zum Friedhof in den Boden eingelassen.

Und wenn auf dem Friedhof kein Platz mehr war, legte man die Särge mit den Toten in große Gruben außerhalb der Stadttore.

Auf der Straße sah man Kinder „Begräbnis" spielen. Es gab auch Straßen, wo man nichts mehr sah. Niemanden – keine Menschenseele. Alles ausgestorben. Dort wuchs Gras.

„Man sah sie allerorten auf den Straßen sich verbreiten, und sie kämpften bis aufs Messer, um den Abfall von den Straßen aufzuheben, und sie schickten ihre Kinderlein, die es aufsammelten in Hüten, Lederbeuteln, Töpfen und anderen Gefäßen; auch mit den Händen trugen sie den schmutzigen Abfall fort."

Die Welt von Jacob Jansz poortbies im Jahr unseres Herrn 1566. Das Jahr, in dem er am Tag vor Weihnachten den Beweis erbringt, daß der „Tresoor" ihm gehört.

Hungerjahr. Katastrophenjahr.
Auch das Jahr des Bildersturms.

Daß irgendwas passieren würde, war allen klar – es lag einfach in der Luft.

Nachdem Luther 1520 zum Ketzer erklärt worden war, verbreitete sich der neue Glaube.

Fahrende Leute wie die Schuster brachten die neue Lehre von Ort zu Ort. So entstand die Bewegung der Wiedertäufer und die Reformierte Kirche.

Jacob Jansz hatte sonderbare Geschichten gehört über die Wiedertäufer, die mit einem gewissen Hendrik Snijder an der Spitze pudelnackt – denn die Wahrheit ist immer nackt – durch die Straßen rannten und dabei riefen: „Wehe, die Rache Gottes!" Die Obrigkeit schritt streng dagegen ein.

In einer freimütigen Bittschrift wandten sich am 5. April 1566 zweihundert Edelleute über die Generalstatthalterin – eine Halbschwester Phillips II. – an den König und baten darum, ob man diese „Ketzerverordnungen nicht ein wenig milder handhaben könne", jedenfalls lief es darauf hinaus.

Auch das einfache Volk ließ sich immer deutlicher anmerken, daß es das unmenschliche mittelalterliche Getue mehr als satt hatte.

Übrigens, die ganze Situation: Spanische Vorherrschaft, Zehntpfennig, Inquisition, Teuerung und so weiter, hing den Menschen längst zum Halse heraus, besonders wenn sie vor Hunger schier verreckten!

Die Gemüter waren auf dem Siedepunkt. Die Leute waren zornig. Zornig über alles: die Inquisition, die papistische Abgötterei, die Getreidepreise und so fort. Es fehlte nicht viel und –
Am 10. August 1566 war das Maß voll.

„Ja, die Armut schnitt sie sehr, das konnte jeder wohl bedenken!"

Während einer Predigt im Freien vor dem Städtchen Steenvoorde in Süd-Flandern gerieten die Zuhörer durch die aufrüttelnde Rede des Sebastian Matte so in Wut, daß sie ganz außer sich gerieten.

Und mit dem ehemaligen Mönch Jaak de Buyzere an der Spitze rennt eine aufgebrachte Rotte von Reformierten zum nahegelegenen St. Laurentiuskloster, um dort alles kurz und klein zu schlagen.

Unterwegs werden schleunigst Leitern, Stricke, Beile und Hämmer herbeigeschafft – der Bildersturm ist ausgebrochen! Leute, die bislang sanftmütig ihr unterdrücktes Dasein gefristet hatten, verwandelten sich schlagartig in Aufrührer.

„kein geschnitten Bild!"

„Wo das gepredigte Evangelium nicht hilft, da sollen keine Bilder helfen!"

Innerhalb einer Woche wurden die ehrwürdigsten Kostbarkeiten in 400 Kirchen und Klöstern unter Jubel zusammengeschlagen.

Wenn sie alles in Stücke geschlagen hatten, zogen sie johlend weiter und sangen.
Sie sangen Psalmen.

Psalmen, die in meinem Gesangbuch stehen...
Ich sehe mir am Sonntag immer die Jahreszahlen an, die darunter stehen.
Psalmen, meist aus den Jahren 1551 oder 1562...

„Gelobet seist du, großer Gott"...
Lauthals singend stürmen sie weiter.
   Tag für Tag wird verwüstet und geplündert.
Priester und Nonnen trauen sich
nicht mehr auf die Straße.

„Chronik aus dem Kloster Maria Wijngaard,"
Bericht der Schwester Maria Luijten:

Anno 1566 zu Anfang des Monats August, so ergab sich der Sturz der heiligen Kirche, welches die deutschen Herren beschlossen hatten entgegen dem Erlaß des Königs von Spanien; so haben überall in dessen Landen die meisten den Gottesdienst niedergelegt, besonders in großen Städten wie: Dornick, Antwerpen, Bosch, Ruremonde, Eijndhoven, Weert, sowie alle geistliche Herren, die es beschlossen und mitbesiegelt hatten gegen den König. Die haben in ihren Ländern alles niedergeschlagen und herunterwerfen lassen wie: Altäre, Bilder und Figuren der Passion unseres Herrn und von allen heiligen Männern und Frauen, Ornamente, Bücher, Stühle, Bänke und alles was man zum Gottesdienst pflegt zu handhaben und zu gebrauchen, mit allesamt den Pulten in lauter Stücke und zu Boden geschlagen.

Vor allem das ehrwürdige Hl. Kreuz, die Gestalt unseres Heilandes, sehr unwürdig zerstört, mit Rufen und Schreien und spottenden Worten der Blasphemie, ja, mit abscheulichen Worten. Item sie den Bildern die Köpfe, Arme oder Beine abschlugen, dann schrien sie mit lauter Stimme spottenderweise: *Vivat den Geusen, seht, wie sie bluten!* Item sie die Köpfe der Kruzifixe und anderer Bilder abschlugen, dann riefen sie gleicherweise spottend Jesus an, wie man tut, wenn ein Dieb enthauptet wird; und was sie zerbrachen oder zerschlugen an Chorgestühl und Bänken und was sonst zum Gottesdienst gehörte, so rief das gemeine Volk mit lauten Stimmen: *Vivat den Geusen,* so daß den guten alten katholischen Leuten das Herz drohte zu brechen, daß sie solches Vergnügen fanden an ihrer Bosheit.

Wir Schwestern saßen diese ganze Nacht auf unserer Bleichwiese in großer Angst und Furcht, und hörten das Schmeißen und Schreien, und erwarteten, wenn sie das getan hatten, daß sie, wie uns einige Bürger sagten, in unser Kloster kommen würden und das tun, was sie bei den Minderbrüdern getan hatten; aber um 3 Uhr kamen sie erst von dort, sie waren sehr ermüdet vom Schlagen und Brechen, auch hatten sie ihre Hammer und Instrumente so in Stücke zerschlagen und zerbrochen, daß sie diese in der Nacht nicht mehr gebrauchen konnten.

Sie hatten da einen großen Schaden angerichtet an Altären, Chorgestühl und vielen anderen Dingen, die sehr viel Arbeit gekostet hatten, und die sie ganz zu Pulver und Stücken geschlagen hatten, obwohl sie weder selber noch niemand anders Gewinn daran hatten. Es lag da, als wäre es ein Wald gewesen, in dem man Holz gehauen hatte, und alle jene, die es wollten, trugen mit sich, was sie

Mit dem heiligen Öl schmierten sie ihre Schuhe

begehrten: Steine, Holz, Stücke von Bildern, Kräuter aus dem Hof, Salbei, Lavendel, in großen Büscheln, sowie alle anderen Dinge, die die Brüder dortgelassen hatten, als man sie fortjagte, das trug ein jeder mit sich, der es begehrte, genauso, als ob sie es auf einem Jahrmarkt gekauft hätten; so trug ein jeglicher mit sich, wie es ihm behagte und was er begehrte, und ein jeder tat, was er wollte, denn niemand verbot es ihm oder sagte was dagegen. Manche gingen dorthin, um zu stehlen, manche um zu spotten und zu höhnen und Böses von den Brüdern zu reden, um zu lästern und zu schänden und im Spott an der Glocke zu ziehen und zu sagen: *Kommt jetzt zur Messe und zur Predigt, es hat geläutet.* Dieses Schlagen und Läuten der Glocken dauerte den ganzen Tag von morgens 6 Uhr bis abends 7 Uhr, da war es nicht so lang ohne Geläute, daß man ein *Pater noster* hätte beten können. Dies hörten wir alles in unserem Kloster, und dann waren wir in großer Bangigkeit und fürchteten in allen Stunden, daß auch uns solches überkomme, weil sie damit in hohem Maße gedroht hatten.

... neun oder zehn Tage in so großer Angst und Leiden, daß wir den Tod so gern erwartet hatten; denn es war ihnen nicht genug, daß sie unser Kloster in Stücke geschlagen hatten, sie wollten kommen und noch mehr tun.

Wir kamen nicht aus unseren Kleidern, bis das Gerufe des Pöbels etwas innehielt.

Jacob Jansz poortbhsr hat bei all diesen sinnlosen Zerstörungen nicht mitgemacht. Goes hielt nichts von der Reformation und tat nicht mit. Während in Middelburg, Vlissingen, Arnemuiden und in ganz Walcheren sich eine Schneise der Verwüstung hinzog, hielt Goes sich da raus.

Könnte diese Tatsache etwas damit zu tun haben, daß die Bürger von Goes genügend Zerstreuung hatten, weil sie genau zu dieser Zeit ihre Kirmeß feierten?

Manchmal kommt es auf Kleinigkeiten an.

Und wenn Jacob Jansz ein echter Kunstmaler war, hätte er schon deshalb nicht mitgemacht.

In den paar Tagen sind eine ganze Menge Gemälde zum Teufel gegangen.

Oft weil Heilige oder Bibelgestalten darauf abgebildet waren,... oder Nackedeis.

Auch den Bildern von nackten Weibern wurde bei der Gelegenheit der Garaus gemacht.

Es gab sie in Hülle und Fülle, sie hingen fast in allen Häusern. Die Titel solcher Bilder waren durchaus in Ordnung: Adam und Eva oder der Sündenfall oder so... Daran lag es nicht - aber was dort abgebildet war!

Man darf ruhig davon ausgehen, daß die Darstellung einer Szene wie etwa „Lot und seine Töchter" nur dazu diente, um hübsche Brüste und Hintern zu malen!

Aber ob hübsch oder nicht - damit wollten die Reformierten nichts zu tun haben - sie machten kurzen Prozeß!

„Huren im Bordell gehen oft besser gekleidet, als das Bild der Mutter Maria in der Kirche."

Das Jahr 1566 ist fast zu Ende, als
Jacob Jansz Poortvliet nach seinem Besuch beim Schöffen
Matijsz nach Hause stapft.
Es war ein Jahr voller Katastrophen, Gewalt und Elend.

Kälte, Dürre, Mißernten, Hungersnot, Seuchen und Zerstörung
haben es, milde ausgedrückt, zu einem außergewöhnlichen Jahr
gemacht.
Margaretha von Parma hat mittlerweile dem König von
Hispanien geschrieben, daß es so nicht weitergehen könne –
die Hälfte der Bevölkerung sei von der Ketzerei angesteckt,
schreibt sie.
Der König gerät in Zorn und schmiedet Pläne für eine
Strafexpedition; der Herzog von Alba soll Oberbefehlshaber
sein. Nein, wir werden denen eine Lektion erteilen,
dort in den Tieflanden!

Vorläufig bekommt Jacob Jansz seinen
Willen: Der „Tresoor" in der Scheuer in
Kloetinge gehört ihm.
Ich denke manchmal: Ob in diesem Schrein
nicht doch etwas gesteckt hat –
etwas Wertvolles, etwas Kostbares?

Ich hatte, ehrlich gesagt, ein paarmal ein eigenartiges Gefühl; das Gefühl, unerwartet auf etwas Wertvolles zu stoßen.

Es war, als ob ich jemanden aus dem sechzehnten Jahrhundert flüstern hörte, daß sein Kind in der Schule keineswegs „beschrenckt sey", sondern ein heller Kopf.
Das bekommt man nun als Draufgabe, so einen „Wortschatz".

„Schau mal", sagen die Leute, als Jacob Jansz vorbeigeht, „dem Jacob Jansz strahlt die Freude aus allen Knopflöchern". Das kommt daher, daß er heute wegen des Besuchs beim Schöffen sein Sonntagswams trägt – das mit den Knöpfen und Knopflöchern…
Er ist höchst zufrieden – der „Tresoor" gehört ihm, das hat er schwarz auf weiß.
So schwarz auf weiß, daß es noch heute, gut vier Jahrhunderte später, vor mir auf dem Tisch liegt.

Erlin
*1991

Die holländische Originalausgabe erschien unter dem Titel
De tresoor van Jacob Jansz. Poortvliet (von Rien Poortvliet)
im Verlag Uitgeversmaatschappij J. H. Kok, Kampen, Holland
©1991, Uitgeversmij. J. H. Kok B.V., Kampen, The Netherlands

Übertragen aus dem Holländischen von
Maria Csollány

Die Deutsche Bibliothek — CIP-Einheitsaufnahme
Poortvliet, Rien:
Das Erbe / Rien Poortvliet. Übertr. aus dem Holländ. von
Maria Csollány. — Hamburg ; Berlin : Parey, 1992
    Einheitssacht.: De tresoor van Jacob Jansz Poortvliet <dt.>
    ISBN 3-490-44111-7

Alle Rechte der deutschen Ausgabe, auch die des Nachdruckes,
der Entnahme von Abbildungen sowie jeder Art der photo-
mechanischen Wiedergabe, auch auszugsweise, vorbehalten.
Für die deutsche Ausgabe © 1992 Verlag Paul Parey,
Hamburg und Berlin. Anschriften: Spitalerstraße 12,
2000 Hamburg 1; Seelbuschring 9-17, 1000 Berlin 42.
Lithographien: Fotolitho Boan BV, Utrecht.
Handschriftgestaltung: Leonard Knapheide, Hamburg.
Satz: Grafisches Zentrum Hess, Hamburg.
Druck und Buchbinderei: Mohndruck GmbH, Gütersloh.

ISBN 3-490-44111-7